春雷与败酱草

叶丽隽 - 著

Chunlei
Yu
Baijiangcao

中国书籍出版社
China Book Press

叶丽隽 1972年生于浙江丽水。诗歌刊发于《诗刊》《人民文学》等刊物及选本。出版个人诗集《眺望》《在黑夜里经过万家灯火》《花间错》。在美国出版英汉双语版诗集《我的山国》。参加《诗刊》社第二十届青春诗会。曾获浙江省优秀文学奖、紫金·江苏文学期刊优秀作品奖、李杜诗歌奖新锐奖等。

目录

和解 /001
夤夜书房 /002
莲花峰日记 /003
蒙羞礼赞 /004
入秋 /006
松塔 /007
冬至日，夜行 /008
黄昏，与窗前的一棵树 /009
惊蛰之晨 /010
蜗牛 /011
晨曲 /012
宣告其身 /013
崖上 /015

我记得这茫茫芦苇 /016
在海边 /017
苦夏 /018
秋凉图 /019
随黎明而来的储藏 /020
短暂的着陆 /022
昨夜风 /023
花间错 /024
秋天使我野心重重 /026
雄黄 /027
山塆秋杪 /029
盛夏夜忆旧 /030

青屋的寂静之光 /032
春夜微醺 /034
败酱草 /035
似是故人来 /037
唯有这流逝之音……/039
锁清秋 /040
山国碎念 /041
激动史 /042
坐等天明 /043
豌豆饭，或早春 /044
野蜂飞舞 /046
石梅湾 /047

春水吟 /048
水边长谈 /050
果园 /051
烟 /053
东西岩 /054
骑手 /056
将饮 /058
裸春 /059
灰姑娘 /061
隐居的铜 /063
下樟村夜话 /064
苟且之徒 /066

与蜂为邻 /068
快客行 /070
心灵捕手的自我安慰 /071
太湖晨读 /072
眺望 /074
上山 /075
在黑夜里经过万家灯火 /076
轻薄之晨 /077
母亲 /078
七月漫游 /080
夜潮 /081
梅端桥头 /082

寄居 /084
歧途夜听雨 /085
响器 /086
独味 /087
永和桥上 /088
野渡 /089
微雨斑驳 /091
山间笔记 /092
银与器 /093
我的山国 /094
夜渔 /096
观沧海 /098

纠正 /099
山舍遇雨 /100
茶与器 /101
蓝色卷尺 /102
易弦记 /104
回溯之境 /106
瓦 /108
群加山中 /110
一瞥间 /112
青山令 /113
我驱动着四蹄的风 /114
空缺之地 /116

春山近 /118
乌夜啼 /119
栅栏 /121
酒事 /123
秋来自斟酌 /124
琴遇 /125
和鸣记 /126
细雪 /127
明月或无眠之夜 /128
微响 /130
突然的雪米 /131
野蕨 /132

不如喜悦 /134
乱石堆 /135
蔷薇花道 /136
经纬，或交叉的传承 /138
后山 /140
较量 /141
微雨 /142

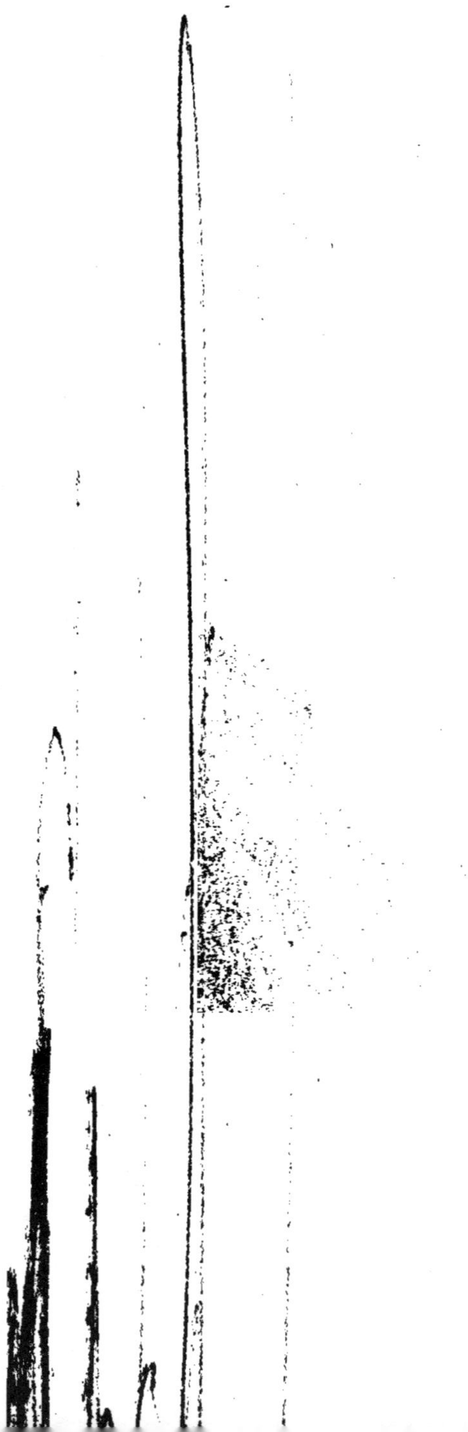

和解

踱到山腰的时候，月亮正从对面的峰顶
冉冉升起。我不再说些什么了

是的，我不曾心满意足
可也不再愤懑——玉米叶子在边上
刷啦拉地飘动，像无数恣意的手臂，长长地
涌出了身体……迎着风

豌豆地空着，盛满了月光和虫鸣
南瓜、茄子刚浇过水
农人下山去了

小平房那里，民工夫妇将头凑在灯光下
看孩子写作业
三只小竹凳，拢聚成一个圆

一个白衣少女停在山脚的公路边，左右张望
而怎样的时光，将带走她呢

寅夜书房

我一直坐到寅时，但并未就此
增添了多少知识
我在读过的书页中，留下众多的折痕，可我
是健忘的。况且时光飞逝
有什么，正在沙沙地消失……

“不会有来生，不会有……”不止一次，我就这样
盯着你的眼睛。而此刻，你又在哪里？
“神是那潮汐涨落的大海，涌动不息。”
我一个人背诵，我一个人

和案头上，那盆多年不开花的君子兰一起
渴望生活，而非等待奇迹

莲花峰日记

我把自己，安顿在了
布满丛林的莲花峰上。一段坡路
一扇风雨中的，小小院门

打雷的夜晚我也出去了，一趟趟
我往房间里添置着家电、日用品、书籍、食物
添置着色彩、声音和气味

在后山，我还掘到了不知名的兰草
湿漉漉地回来，喘着气
一一摆放好我的生活……似乎

我不再缺什么了，我还缺什么呢
风正从坡上灌进屋子，站在房中央
忍不住，哭了。

蒙羞礼赞

一袭灰色的毛羽，徐徐掠过车窗
斜飞上枝头
我踩住了生活的刹车
细细分辨，树冠里漏出的声响
喜鹊、斑鸠，或者别的
那不知何时盛开的樱花，一叠叠
粉色的花瓣，悄然落向
灌木丛、草尖和泥地
落向挡风玻璃，倾吐出最后一口
透明的气息
它们，毫不费劲地活，稔熟回家的道路
一首天然之诗，胜过我所有
耻辱的书写

——我本可不同
我本可顺着自己的心意，抛却现实的戏服
“行动抚慰一切”？

怯懦的停驻者啊，忙忙碌碌中
所谓的尊严
早已命悬一线
你有多沉静，就有多少轻薄的愿望

入秋

月明时站在院子里发呆，凉风过处
已是日渐臃肿的妇人
电话里我说：这么快，就老了，淡了
甚至，不再对自己厌倦……多年来，是我内心的凶险
导致了世界的倾斜。看吧
秋天暗暗磨着的霜刀
亮了，它缺少滚烫的血——在我心中
也一直缺少一条恒河。因为这灵魂的罹难部分
所谓余生
也就是一种漫长的，不断康复的过程吧

松塔

嗨，你知道我的疲倦——
当我握住你，轻轻地
摩挲着你的层层果鳞，你的塔形身躯
你能否听见，我掌心深处
那潮汐一样，不断涌动的暴力

想要用力地握成拳
想要击打和摧毁——但只是，轻轻地……
你的干枯，我的凋敝，这幽暗书房内
日夜点着的灯——也许我们都在
错误的地方

从相遇的荒山携你归来，静置于
每日的案头，我是把你当成了一个象征，
一个警醒：这世间，冥冥中自有秩序——
却时时忽略了
父亲病榻边，有我日益缺失的人伦

冬至日，夜行

“天黑莫出门……”每到冬至日
母亲总要这样叮嘱

可我还未到家呀
天已擦黑。莫非，果真有什么
要我在暗夜中完成？

一路行来，樟树绵延成荫
倘若世事无穷尽
那此刻，我周边，必是人影憧憧

同沐稀疏月影，我竟也
气定神闲，乘着丝丝凉风，混迹于先祖
和神灵间

半掩的院门吱嘎
饭桌上，早已备好的晚餐肃穆、齐整

黄昏，与窗前的一棵树

只有这时我才能舒展开
全身最为脆弱的叶子，向着你
没有惊惶
没有苦涩的衡量

当你与暮色融为一体，我便也
卸下了疲惫的人性
从我失败的尘世，退回到一个身体
一个器官——
我凭感觉活着，我有许多破绽

惊蛰之晨

接骨木树丛里，一只花猫
正轻快地穿越
我的视线在风中默默相随

醒来的感官，意欲侵扰
一场江南的绿梦

晨起，也可视为重生。而天气
“好得使人想怀孕”
我心中
那饱受折磨的蓝狮，就此驯服——

怀抱自由之热望，也始终
怀抱死之恳切
春日迟迟，何不，多生活一些

蜗牛

唉，不忍就像一只无形的手
拽我回过身来。这些暗褐色
被暴雨冲刷出竹林子的小蜗牛
污点一样
溅落在门前的水泥砖道上
有几颗，已被路人踩碎
凝在那里，一小撮黑。我明白
我也置身其间。
不断加速的时代
我生着，一种缓慢的病
犹如烟霞痼疾
这刹那的不忍，几乎是对我今生的追悔
可是，锈蚀得太久了，到底
哪一个是我？
蜷缩在自以为是的盔甲里
我已不能转动触角
忘记了自己的味道

晨曲

就着露水，采下院子里成熟的黄瓜、豇豆和苦麻
也走出屋子，拿一些，放在邻居的门前

在我身上，有另一个人已经成为一个实在的村民
有另一个人已经开始随意地写作

天渐渐亮了，我有无勇气，打扰我自己？宇宙间的
一个野蛮聚合体而不仅仅是一颗心

宣告其身

父亲在月光下的菜地里浇水
酷暑日，八棱瓜、豇豆，黄瓜和茄子
都在等待着渴饮，被逐个浇透
浇着浇着，父亲消失在夜色里

渐渐地，虫声嘶鸣，魅影四起
有什么在悄悄地靠近
越来越重的呼吸，越逼越紧的脚步……

我僵立在田埂上，无法动弹
只有手里的肥料小桶，在瑟瑟发抖

而心跳在体外……那呼吸，那脚步……
我的恐惧膨胀为庞大的黑夜，张着口

黑暗中，我突然听到了自己
破胸而出的一声呐喊："我在这里——"

顷刻间，怪兽消失了，我被拯救
父亲的回应在远处隐约响起……

——那是第一次，幼小的我
大声地向世界宣告着自己的位置

如今，老之将至，我已懂得羞怯
不再惊呼出声。当危险来临
我甚至会失语——人世苍茫，诗歌
也不啻为一种，求生的方式

崖上

母亲年轻时，在陈寮山上砍柴
不慎滚落
幸好被山腰的一棵树挡住
捡回了性命。以至于，每次回想起
她都非常笃定：这棵树
应该是上天的安排
我曾问她是否害怕，她说只记得山谷间
回荡着“啊——”的声响
——我也常常遇险。在梦中
更是多次突然地临渊，并从悬崖坠下
随着猛烈的蹬腿
我在黑暗中惊惧地弹起身——
啊，又是一个失重的
喑哑的夜晚，没有破胸而出的呼喊
没有回音……我的树
那属于我的树——
它还未出现，还不肯出现

我记得这茫茫芦苇

我记得这茫茫芦苇，这一望无垠的
辽阔水面。一月的风吹着
我记得突然跃起的鹤群
在蔚蓝的天空和波涛之间
一小点，一小点的白色，慢慢地
舒展，靠近我
日渐黯哑的内心
多么安静——

我记得你的眼。一月的风不停地吹
你说我的脸红了，野茫茫的芦苇
起伏不定……在尚湖

在海边

敬礼，摇曳的星辰
敬礼，无边的愤怒

我怀揣一头融化的狮子
蔚蓝的肺腑止不住地一片翻腾

但一定还存在着
比这滚滚波涛更为汹涌的东西

也更为古远。使我们活着
不停地受伤，不停地赞美

倘若我能够说出
那将是怎样的一种寂静

苦夏

山风起时，屋后那棵百年古樟
摇晃得有如惊涛拍岸
院子里的芭蕉唱和着，高出院墙的部分
被撕扯成一缕缕
破碎的绿旗帜，不停地抛出去，又跌宕在一起

也许根本就不存在乡下的青屋、江滩、渡船和竹林
只有这无尽的风
对应着我想象的天空和一个幽闭者
心中的湖泊。我写下的
从来都是僭越之词

皮娜·鲍什说，我跳舞因为我悲伤。我呢
至今不明所以——生活着并不断告别
我的中心分散在各个地方
对自己的理解，我已放弃。这个夏天
爱上一家淘宝小店，它所有的衣服，都叫裂帛

秋凉图

总是不够。日子
却又总是在拒绝中延续。我，有着人的混沌
和原始野兽的单纯

“你变了……”电话里你欲言又止
是么，我在秋风中竖起了衣领

愚钝如我，此生，没有旌旗，亦不设偶像
每每，只能以身体去认识世界
太多的事物，心灵无法转述。我习惯了
独自潮湿

我仅来自我变幻莫测的身体

随黎明而来的储藏

在天亮前醒来
独自吃早餐，和四周的宁静
以及黎明前的晦暗
融为一体。渐渐地，我成了餐桌上
木质的纹理、瓷盘的哑光
成了纱帘、墙纸、窗外那株
黑黝黝的大樟树
但是没有成为它：
一只毛茸茸的灰松鼠
警觉地趴在窗外的花盆里
停顿片刻后，弓起身
快速地用两个前爪刨着土
然后麻利地埋藏下腮帮中夹带的坚果
一个，两个……我已无法动弹
亦无法再掩饰自己
在表面的平静和底下的积雪之间
裂开了一道新鲜的缝隙

有种奇妙的剧烈不适，慢慢涌起
并充溢——难以定义，那是惊怯呢
还是一种希望

短暂的着陆

更新我，如同抚慰一种命运。轻轻地咬噬
我的颤抖——这暗处的、寂静的羞怯，让我记起，自己
也是一个悸动的生灵

我们要忍受生活到何时？我身体里的大海
已沉沉睡去。多少年了，那个执拗的孩子，还在深处漂流
等待着出世却又无法诞生

因而，跟随你冒险的手，跟随陌生的力量
踉跄着往前。人哪，任何情况下，都只有一条道路——
且容我
从事我的奇迹，持续一种内在的发育

昨夜风

风声如晦夜，暗暗驰骋
当我闭上眼
扳住黑夜的肩头
弓身，像只海马，酝酿着加速度
毫无防备
那身体里的另一个
已骤然洞穿我，远遁而去

她的遥远，让我无法
从对现世的讶异中回过神来
无法搜寻到我的内部
弃之如敝履啊
溃败如潮退
空空的沙滩上
徒留我披头散发的孤独、一截
悲哀的耻骨

花间错

最喜食南瓜花
合着嫩南瓜和茎叶，揉碎，切细，生姜米爆炒
再加米汤煮透，嫩滑可口
金针花得焯过，滤水后才好用
草籽花清香馥郁
黄栀也吃得多，在水阁小镇，每年夏天
山脚的餐馆里都备着新鲜黄栀，一炒一大盘
木槿，可以干炸，也可以下汤
桂花我则搜集了当佐料，平时与糖一起贮存
生啖映山红如饮血
菊花与茉莉，都曾用于泡茶
至于玫瑰
我的一个朋友感慨道：你看那层叠的花瓣，那包含
不正是女子那象征么……
唉，我想我前世定是男儿身，以至今生混乱不堪
听了朋友的感慨，我竟也耳热心跳
止不住地浮想

细究起来，其实
不论是哪种花，不论怎样品尝
始终都散发着淡淡的清腥味儿，那清腥
几乎是对平淡生活的一种提醒

秋天使我野心重重

使我潮湿。自我解嘲的时候，我说
孤独，是另一扇窗户
但是否就敞开了我的另一面人生呢?
院子里，木槿在落
水塘边，远道而来的人在疾走
惊起了芦苇丛中的鸟群
确实是秋天了。阳光下
我扶住弯曲的枝条，愤怒和爱
都已饱满

雄黄

那日，青屋院中，一条虎斑游蛇
朝我竖起身躯
它昂首举颈，日头下
那鲜艳的红黑相间条纹
惊出我一身冷汗
于是回城后，穿街走巷
在西河沿的草药铺
寻得雄黄一包。店家嘱咐
“用酒浸泡后洒于院落四周，虫蛇不侵。”
此后忙乱，近两个月没去青屋
有时候在随身的手提袋里翻找东西，一下子
掏出了它——
一包雄黄
隔着透明塑料膜
这金灿灿、魅惑之物
每次都令我惊诧和恍惚
想那虎斑游蛇

只不过是与我一生中的某个时刻偶然相遇
而我，蝇营狗苟
活着仿佛只为抵抗这可见之物

山塆秋杪

拉上窗帘后的幽暗，恰能承担
世事之沦丧。我还是
不敢看你的双眼
像是避开
一束太强的光线——谁敢冒险
去触碰灵魂的张望？

山风起。折断的树梢
砰砰地落在屋顶
两个交颈摩挲的魂啊，喘着粗气
我暗暗寻觅着你的唇
寻觅着雪梨，皇菊与蜂蜜

秋天转身，猛地扑进
一枚浆果的多汁
或一具肉体的疑问

盛夏夜忆旧

对岸的磷火
又开始微微闪烁。院落里
凉风习习，竹床，已经用湖水仔细地擦洗

穿棉布衫的孩子
慢慢地阖上了眼。只是，决明子枕头下
我那双孩提时的手
还在暗暗摸索：

苍耳、覆盆子，这是白天在野地里
沾染的气息……接着，是蝴蝶和蝉蜕
是树荫下的坟茔、羽翼
以及一场突降的暴雨

……鳞片在抖动。河边，当晒烫的石头被掀起
一窝蛇卵，簇拥着，多么宁静
其上斑点，仿佛神谕。再往前

炫目的彩虹
团聚着水面和天空……

唉，没有什么，是她摸索不到的

也没有人知道
这个孩子睡梦中的身体
和这个盛夏夜的星空一样，如此悄然
而又波澜壮丽

青屋的寂静之光

咳嗽已有月余。今日，独自在青屋
生了炉子，冰糖炖雪梨

青屋里，有着最为简单的生活
汲井水、生煤炉、出行需要过渡

今我一人在院中，守着噗噗直响的砂锅
这情形，类似于一头孤独的野兽在疗伤

但是蒸腾的热气里，我分明又看见了你，和你
那么回忆，也是存活的一种方式

亲爱的朋友，因为与你的相遇，因为那曾经的
火热的生活，我才拥有了这段时光的宁静

所以，院子里的蜡梅、芭蕉、樱桃、月季
含笑、茶花、柚树、菊花为证

谢谢你，我亲爱的朋友，谢谢——

我多么害怕，一生太短，许多事，就此错过

春夜微醺

我已然自卑，所以没人再来斥责我
可是喝着喝着，就多了，就踉跄着，露出了尾巴
狐狸啊，獾猪啊
纷纷拱出身体的丛林。既然血已沸腾
既然你们宽容地回应——
我的兄长，我的姐妹
拥抱你，亲吻你，我全无障碍，轻盈又欢喜

败酱草

惊听一夜春雷。晨镜中，果然
燎泡上唇——唉，多么令人羞愧
我那虚弱、不洁的本性……

谁能预料，季节滚动着的深喉，繁殖的
是新生，还是新的恐惧？

还以为，我已远远地退后
败酱草一样
埋首于人世的低处
在苦涩的陈腐气中，沉溺并懂得：
山野之间，有着本然的救赎

几乎是一种呼唤呢——怀揣一腔虚火
我惦念着郊外
乱丛之下，那清热解毒的草木

诚如，再粗鄙的个体，也需要一个隐蔽所
一个在暗中，不断过滤的自我

似是故人来

每次仰望星空，逡巡过后
我总是要找到北斗七星，那一把属于我的
明亮银勺——浩瀚世间，以此
作为微弱心脏的倚靠。如今白露已过
“斗杓西指，天下皆秋”
这江边古镇，也就你我两个外乡人
以手当枕，静躺于渡口的青石埠头。凉夜里
我絮絮叨叨
说起这把不离不弃的银勺
说起童年的院落、流离、惶恐
和突如其来的中年
你呀，我沉默得如同宇宙间
永恒寂静的爱人
悲欣全无
黑暗中你只静静地聆听
你只点着了雪茄，深吸后，让我也试一口
星空在胸，秋风一样的爱人呀

我的眼前有微暗的火

对于未竟之旅，我，从不拒绝

唯有这流逝之音……

唯有这流逝之音让我安静
唯有你。午后三时
从每日的电脑、A4 纸、书籍和狭长的楼道溜出
阔步在木油桐滚落的白云栈道
我与自己，短暂和解
几近枯竭的山涧，清癯，叮咚作响
向这世间，同一种看不见的东西
献出那最后的秘密
和湿润的心……我有过生命的盛年吗
我所信何事当深秋
明晃晃的、橙色的阳光倾泻进树林间
我看见了你
我在想你
空山的力量难以估计

锁清秋

又见菖蒲和艾草——楼梯拐角处
那翠绿的夏日，枯干着，斜插在门板上
……细节凌乱，总在溃败中

每一次，总是倾其所有，然后返身离开
——我是否
应该抵抗我的平静呢?

“你的心，决定你看见的。”
而身体，有着它自己的回味……

赴生，也赴死——
吊扇在旋转，汗水滚烫。当那热流
顺着发梢涌入眼角
生活啊，你的滋味，让我用力地叫出声来

山国碎念

我剩下的部分，松如野径
正在岁月里继续分解和消融

每日黄昏后，在山中急急行走，晚风如流
一阵阵沁心凉
带走我身上多余的器官——亲爱的
我只是还占着一点儿面积
我只是还在想着你——

深夜回到卧室，不开灯，悄悄地躺下
感激于这宇宙间有你
感激于，长河浩淼，而核心寂静——
我在触摸
一个细小的天体

激动史

僻静处，也曾暗自反观
常有那刺入内心的羞耻，使我难以自持
即便用双手蒙住整个脸
还是止不住地颤抖

激动，源于我今生的诸多错误

因为错误将继续
所以激动
将永不停止——我不否认，我身怀碎浪
这个粗糙的躯体
一直在等待那令人惊异的事物
我的生命之海
涌动一生
也只为追求一个多变的，不可测度的魂灵

坐等天明

关上窗也能听到，屋后的山上
涛声如雨。我似乎睡过
在林子摇晃之前
被窗下的蛐蛐声带远

外面，树木和小兽们
漫过了月光下的栅栏，喧嚣着
蜂拥至我心的边缘……可我
身无长物，不比任何一棵树木，拥有的更多

甚至，一棵草。我只是
抱紧了自己，坐在这黑暗、晃动的中心
屏息聆听，直到

这世界奏响了它的最高音阶
——黎明，一片寂静。我便也选择了
喑哑不语

豌豆饭，或早春

母亲喜欢赶早。清明前后
第一餐豌豆饭
是我们全家团聚的时辰

糯米和香米的配比，全凭母亲
多年的经验，淘洗干净后
用清水泡上；带肋骨的咸肉
在沸水里焯过，备用

豌豆和雷笋，则需要当日的时鲜
有一年，也许是时节太早
父亲从菜场回来
买到的是冰冻豌豆。我随口说了句：
“我还是喜欢吃新鲜的……”
父亲二话不说，再次出门找寻

此刻，豌豆饭焖熟了，袅袅的热气里

咸肉金黄、雷笋白嫩
碧玉一样的豌豆点缀其间
粉糯鲜甜——

母亲烧得累了，她要小憩一会儿
静静地，看着我们吃。窗外
蓬蒿遍野，青峰凛冽……我们的父亲
正置身于这场无边无际的葱茏之中
置身于眼前
这钵豌豆的翠绿中

野蜂飞舞

隔着一层地板，我们安于各自的巢穴——

每天，从门墩的缝隙处
野蜂们，飞进飞出，辛勤地忙碌

我呢，白天也总是紧闭百叶窗帘
在这间昏暗的屋子里，一个人劳作、发呆
一个人，所思莫名

间或走出屋子，看小院上空
野蜂嗡嗡，盘旋飞舞，为着那芬芳的蜜
为着地板下，那黑暗中的王

我总是默默地仰望，困惑于
它们复杂多变的舞蹈，和我这兽体内
惶惶不知所终的中心

石梅湾

不是海浪在拍打
而是大半个地球在荡漾
它巨大、沉缓的内心，何其汹涌，漫溢出
时间的残骸
空贝壳、珊瑚碎骨、火山石、那一只只被搁浅
正在死去的水母

大半个地球在荡漾——在石梅湾，咆哮的
蓝色与白色
呼唤着与之相应的灵魂
不是我这样的沙砾
只配在呛进几口咸涩的海水后
退回到沙滩上，面对滔天蓝卷，既无力歌咏
也羞于暗自哭泣

春水吟

“我们有多少余生可以共存？”隔着几个省
你发来的询问依然湍急。眼前，是低吼的瓯江
一路翻山越岭而来
在此铺展，拐弯，打着旋，泛着恬淡的
要命的鱼腥味儿
我知道它隐秘的源头。在洞宫山西北，锅帽尖湿地
拨开枯黄的乱草
春天的新绿静静蛰伏
新绿之下，就是闪着亮光的细小水流
凛然、清冽，几近于无
流淌得悄无声息，却又义无反顾……
生命中，这些涌自心尖的战栗
我已学会暗暗汇集
在我今天的这个年龄，开始明白，一生
恰似这一去不复返的波涛
一江春水，形同一场辽阔的苦役
此刻，渡船在对岸抛锚了

师傅正忙着修理。埠头上
越来越多的人加入了静候的行列
一尾鱼突然跃出水面，有人惊呼出声
那银白色的肚腹
那一瞬即逝的闪电
唉，走神了，急湍湍的江水挟裹得我一阵晕眩
借着春风重新站好，远处江面上
成群的白鹭正盘旋飞舞
看哪，那俯冲下来的两只多么轻盈
雪白的翅膀斜刺进波涛，仿佛就要溯入这河流
就要明亮地消失
埠头的人群中，我也等待着

水边长谈

深夜的底色我们辨识不清，湖水
沉郁得如同一端经年的砚台

你我，曾日日研习啊
铺展开的，却是明月下的一缕轻风
一腔空怀

水面凉意泛起，脚踝孤冷，摊开
淡淡的银锭
浩淼天宇中，某个身躯为之一惊

已是秋风节气——
我们所知不多，而拥有更少
人生，竟是这么一个递减的过程

一壶茶水喝尽，三三两两微光
明灭于，对岸稀薄的远景

果园

椪柑挂果后，父亲抱着被子
住到了果园的窝棚里。他深谙
耕耘和收获之间的关系

我去了哪里？当我回顾
孩提时的果园，只有父亲不成调的
调子，哼唱在林子各处

是啊，那时起，我就常常消失
跟随一阵莫名的风
一行雉鸡的爪痕
一个枝桠上的巢穴
一簇新鲜的，刚刚打出的泥洞

没有任何扶助
也没有信仰的眷顾
一个在山林间野大的孩子，胡乱地

走到今天，灵魂里
有着太多的缺页

我已无法找到身上的某些部分
果园的泥土里
埋藏着幼虫的一生。当我回顾
一个小时，或更久
一只童年的蛹
从那盔甲中慢慢地爬出，解脱，倒挂
亮开纤薄双翅

烟

有时候，似乎更加热爱
秩序的反面——背对着风，将叼着的枝叶
迎向你递来的火

每个事物都有它自己的欲望
断落的灰烬，有其自身的解脱——轻烟向上
我询问过每一道光芒

或许，一个人就是一场内战
所以今生，注定了要这样曲折地表达
以风事，以幻觉，以母语的腥膻

东西岩

我爱的人去了东岩的峰顶。他喜欢
逐一探访，未曾相遇的积雪和白云，眼望的
崭新天地——这几何学中，危险的虚构

青石道上，他那任性冲动的攀爬
看起来，既像是对巅峰的致敬
也像是在急于摆脱，地球上的自己

比起征服，我更乐于是峡谷中
葱茏的光影和浓稠的树荫
是随处的溪涧、青苔、小兽，或者

野藤蔓、有毒的木荷。我踞在一截
潮湿的树桩上，在密集的年轮中
深深呼吸，置换，并等待——

恰如刚才，他从西岩的峰顶下来

哼着歌，月牙色上衣，明亮轻快
音符一般，跳动在碧绿的丛林间

恰如，人生短促，而青年永恒——
我在心中唤他出场——时光斑斓、流转
一线蛛丝，垂落至我的鼻尖

骑手

你牵着一匹闪亮的枣红马，安静地
在我跟前站定，并略带羞涩地示意我
——可以放心一骑

翠色汤汤的玉树草场，辉映着你双颊上
那愈发明显的高原红……

羞怯，一定是大自然的某种秘密

在这片野性的高原上
本能在隆起，天地生生不息

而我，远道而来
我的胆识，并不比一株无名的草叶更高

我只远远地退后
退到大地隐秘的涌动和喘息中

看着你，飞身跃起，跨上马背，双腿间
夹起荡漾的生命

将饮

何事婆娑？漫山遍野，丽水悬钩子——
那嫩汁浆果、绒毛小刺
那遍布着呢喃燕语的采撷之路

我们已分别了多久？轻轻摇晃
手中的这杯果酒
一颗颗去年的悬钩子，沉沉浮浮

在纯净的糟烧酒中
它们依旧饱满、红亮，仿若星群
我的感官模糊……谁来饮尽，这团旧火？

裸春

冲澡后，不急着穿衣
在这个阳光明媚的房间里
一无牵挂地走动
翻书、喝茶、翘着脚小憩
看时光金黄的豹子
随午后的流逝，沿着大腿
慢慢爬上我的腹部
窗外，是片光秃的树林子
一根根赤裸的枝条
萌动着多少青葱的欲求
我知道对面的楼宇中
一定也有我这样
临窗的人
但我并没有感到丝毫的不安
我甚至打开了这空调间的窗户，让那
刮过每根枝条的风
也都刮到我的身上来

已经是三月。春天了，有什么
是不可以的呢

灰姑娘

十八九岁，各地辗转
曾经学画度芳年

有段时间，求学于高村的一个画室
我，育红、竹林和小园
彼此形影不离
一起写生、临摹、挨训
一起高谈阔论、踌躇满志

我们曾漫步于广阔的原野
在一座空坟前停下脚步
看四脚蜥蜴在阳光下热烈地交尾
也曾在月黑风高的夜晚
偷挖村民的地瓜

当黄昏来临
我晃着脚，坐在窗台上用单音吹口琴

她们则跟着曲调轻轻哼唱
郑钧的《灰姑娘》
……是的，一群真正的灰姑娘
在那时
摇头晃脑地吹奏着，哼唱着
每个人都觉得来日方长

隐居的铜

许多次，在拉芳舍咖啡
看着玻璃墙外的无患子树，绿了黄，黄了落
或是独自疾走在云雾缭绕的白云山
江风吹拂的防洪大坝
我都曾不经意间，遇见过
另一个我……那么清晰、可感
那么沉默
如一口井热爱它幽暗的深处
如一片旧青铜
隐藏于岁月的密集中。许多次，这绿光
这另一种人生
用它的全部静寂把我支撑

下樟村夜话

既见君子——
倾慕油然发生。我选择了
离得远一些，静静看你，端坐着饮酒
不时小啜，鲜有话语。直至醺醺然
被人扶进二楼房间和衣卧下

半夜里，我几次，轻轻打开你的房门
以确认
一切安然无恙

——多么难得的山村夜色呀
靠着木栏杆，看土夯院墙上空，星汉浩渺
也看山路巷陌，村舍参差
白天一路行来的鹅卵石，此刻幽幽发亮

所谓良宵，也可以是这样的夜晚
一个陌生的小村，我们到来，住下

夜色如水——

我赞美着乡间，万物怡然，各得秩序

你，悄无声息，酣睡如一尊山神

苟且之徒

说到底，人活着，各有私处
各有躲藏之所

只是，何来私生活？隔墙有耳。窗外
亘古的明月高悬——我的秘密
并不比你更多

但我的羞愧要早于你——

我难以释怀的隐秘，源于早年
一个家人外出的夜晚：

我独自一人，蜷缩在木板床中央
惊惧着床底下
那无穷的蛰伏之物：
毛贼、野兽、蛇、骇人的鬼魅……

我知道，想要停止浑身的战栗
唯有趴到床沿
俯下头去
探身于黑暗之中——犹如直面
人性深邃的底部——

遗憾的是：我是，且一直是
那个懦弱的孩子……深夜里，瑟缩着
抱着一个小闹钟
在它循环往复的滴答声里
苟且于眼前，目力所及的一小片光明

与蜂为邻

总有迷途者
误入我工作的这个房间。因而每隔一段时间
就能清理出一小堆蜜蜂的尸体
今天的这只，既不围着屋子绕圈
也不匍匐在地上爬行
它只是持续地轰鸣着，轰鸣着
对着玻璃窗外面的光亮
一次又一次地猛冲……我不由地走过去
为它开窗，轰鸣声戛然而止——有什么
掉进了我的衣服里，在扇动
在努力寻找出口
随着一阵锥心的刺痛，我从脖子上
抓下了一枚螫针，以及黏连着的
一小团白色内脏
啊，这个小邻居，竟然以这样自戕的方式
结束了我们的关系。哦不，又或者
仅是开始？与工蜂同样命运的

被蛰的我，此刻正在迅速地红肿、晕眩
它是以性命相托
给予我警醒的痛击么

快客行

每一次的加速度都甩出了我们自己
——高铁车厢内，一种集体的
分裂后的轻盈？

窗外，纷繁的时代景物正忽闪而过
难以辨识，难以把握

越来越清晰的，是此刻
深陷在车窗玻璃中，交叠着双手
抿嘴不语的人

那坚硬的侧脸，堆积着
往昔的岩层——你认真地打量她

心灵捕手的自我安慰

疑窦丛生的中年啊，当我沦陷
我的内部
并未最终成形，还不能发出回音；一如我
长长短短的拼写
错漏百出，从来没有找到真正的形式。早年间
跟随乡间的乳母捕雀
蓬乱的草窠里，我们曾一动不动
长时间地蹲伏——她说，好猎人
要学会安静等候

太湖晨读

清风弦，拨动泠泠水面
水天一色间
泛音跳脱，巨兽沉潜
隐约的青脊，波光般消失，又闪现

我的爱，当晨曦微露，天光渐明
那起于夜半的心声
恰似眼前，这晨风中的太湖，愈汹涌
也便愈深沉、无言

一如我在黑暗中悄悄
贴近你的胸膛
等待着长久以来，悬而未决的一个呓语
尘世中，一个被许可的小小奇迹

等待其骨肉成全：

一头雄浑且温柔的睡狮——它未曾睁眼，尚在准备之中

眺望

许多事情从身边经过
许多鸟
消失于群山环绕的天空。我还能漫游
多久？从一座山，到另一座山
我渐渐分开
成为时间的片段或小小的停留

在我走过的每个地方
星辰都高高在上，因不可名状
而显得凛冽和漫长……

上山

草丛里窸窣作响。小松鼠
拖着蓬松的大尾巴，在枝椏间
倏忽一闪。空山。鸟语。频频振羽之声
多么细小、无处不在的……荡漾
“心灵是个孤独的猎人。”我喜欢
这样细细地造访：
枯草、呼吸、洞穴、尚有体温的毛羽
我喜欢逐一确认，这世间万物，隐秘
而丰厚的心灵。它们
不比一道光线明亮
却比人心，久远得多了

回来的路上，一颗小榛子从头顶“啪”地落下
停在了我的脚边
我把它紧紧地攥在手心里
直到它，整个地发热。我知道，这是大山
给予我的，温润的馈赠

在黑夜里经过万家灯火

车灯亮着，前面坡地上，黑夜留出了
一小块的空白……在森林公园，一切
都静下来了，夜鸟、树桠间的风、
以及山脚下
一个城池的灯火——
我曾置身其间啊，多少个夜晚，多少年
没有呼应地微弱与单薄

都静下来了，而我无端啜泣
站在寂静的白云山顶
回望阑珊处，这些辉煌或卑微的闪烁
仿佛灵魂，今晚
我一一经过，一一经过

轻薄之晨

窗帘拂动
有看不见的手，如同迎面而来的
暗处的蛛丝
无声地蒙上我的脸
沿着唇
往下，越过锁骨
轻触醒来的胸口……我全身
发丝竖立——秋天，这个恍若隔世的浪子
晨光中直接跨进了我的卧房
莫名、彷徨，流连于
寂静床榻边
滑落的丝绒被子，绿萝，雕花斗柜
流连于我晨浴后的躯体，如此寡淡、无味
洞然而开之域啊

母亲

在板车和垃圾池之间
我那矮小的母亲，显得多么有力
她挥舞着铁锹
奋力地铲着，铲着，仿佛在将一生
重新搬运

垃圾清运工——这是回城后
知青母亲的第一份工作
“如果能转正就好了……”
她干得满头大汗，毫不嫌弃

小区里总是有人走过
我站得尽可能地远
尽可能地。隔着
整整一个时代（那是否是
我幼年的羞耻心？）

板车满了。一前一后
母亲与我，倾尽全身
推拉着笨重的板车出城

卸下，扒拉干净，插回屉板
叉着腰小憩——我的母亲
有生之年，你始终心有不甘
喘着粗气，翘望着将你放逐的都市

你的背后，是我
母亲。你把我搁置在
这个世界的边缘
在城乡接合地带
在一堆垃圾刚刚倾倒出的新鲜腐味里
让我看清了
合乎自己尺寸的命运——
草籽花无边无际
机耕路旁，青蒿疯长，豆荚
撑出嘎嘎的破裂声

七月漫游

七月，回到南方的杉树林
遇见了寒鸦
和草尖上的一滴血。什么东西走过去了
梅雨期，轻描淡写，留不住
一个身体的温度……我在深夜的井边哭泣
听见了山后
大雁的声音。我经过的
都是些短暂的
永恒？我重又抵达这个地点，却已不再是
那个时间……你还好吗
你们还好吗……但愿
群山深处
我的亲人和朋友呵
在我居无定所的形骸里，继续生长
在万物中安然无恙——

夜潮

夜车去观潮
暗中的血，等待着沸腾。只此一次的人生
又欲高潮几何?

星辰疏朗，涛声由远及近
钱塘江畔，男人、女人、彼此的呼吸
那孤独纷涌向前啊，永不停息

梅端桥头

待我玩耍回来，家中无人
后院空荡荡
一阵无所依靠的恐惧促使我出门找寻
绕过槐湖往东，就是我们村的田畈
到达梅端桥头时
四下里，原野广阔、葱茏，河水沉寂
只有一条赭黄色的泥土路
穿过绿毯似的大地，无穷地伸向远方
不知是要带我去向哪里
蓝天下，梅端桥轻轻托着我
像托着一朵白云
我消失在灵魂出窍的这一瞬间
忘了父母和兄弟，忘了自己

这一定是生命中，尚未识别的部分——
我总是跟随那个幼时的我
那个瞬间

返回到昔日的旷野
进入那无止境的黄土路、庄稼、石桥上的裂缝
进入我早年的发育，未来的缺席

寄居

快一年了。惊诧扼住了我的咽喉——
哑默中，我暗暗打量自己
犹如探访一个全然陌生的人，一个敌人

顺流而下的日子里，我已无法确定
所处世间的位置，亦无法打捞
那狂浪中，一片片需要救赎的记忆

我读到一个诗人赴死：
“他悄无声息地来到最黑暗的一条街上
解开了自己的灵魂……”

但是晚了……低调如何？蔑视又如何？
蜂群已离开——我扑在它们昔日的洞口
深嗅着那隐蔽的巢穴、香甜的蜜

歧途夜听雨

拥衾夜听雨，不惑之年
混沌身心……
我还有勇气
说我的人生只为等待一个声音么

隔着万千群山，你整晚
不停地到来
淅淅沥沥，徜徜徉徉，你使我的全身
布满了浪花

哦，往事，也许我该细加整理
我该轻呼出声——
今夜无边的细雨将我们重新汇集，世界
亮出巨大而潮湿的根

——我与你
每次生命的相遇，都是一场无声的长谈

响器

挖掘机轰鸣了半晌后
终于停歇。我从附近医院回来，路过它
张开的冷齿，静悬在冬日街头
刻骨的碎梦里。新雪初降
似乎，某个面目正一去不返
我抑制着咳嗽的欲望，悄悄回到屋里坐下
有人西楼吹箫
雪梨，慢煨在炉子上。随着“咔哒”一声
院墙角那儿，枯萎的芭蕉又折断下一枝
这人间呐，响器众多，动静最大的
来自于我们的胸口：那酝酿中的风暴
那束缚下，无望而蛮力的挣扎
我安抚着。亲爱的，我该用什么来眷恋这个世界
眷恋你
我的七弦琴，拨动着一颗羞耻心
那里有个漏洞啊，我会因
不断丧失而日益轻盈么

独味

连日雪，晨昏不辨。我的孤身
仿佛一口晚钟的无言

“思想是一个美人”？若细细回想
却是身体决定了我们的一切

而有一天我将懂得更少，当我
终于从缠绕我的面具中脱身而出——

摇摆着，戏耍着，仅存于感觉
当一个消退的人，混淆进无知的早年

直到吻合——我是如此地顺应了岁月
而北窗阴霾，萱草、断章、酴醾酒

永和桥上

友人，我不善言语。以下文字
凌乱的纹理，也无法承担我情谊的赠与

当我们穿梭在廊桥上，搜寻着彼此
拿着相机互拍，友人啊，短暂的定格后

我听到“咔嚓”的断裂之声，岁月翻动
那令人困惑的深处：时时新，还是，从无新？

没有谁可以像这座风雨中的古廊桥
坐镇千年沧桑，拥有英勇绝伦的命运

也没有什么汉字可与“永和”相媲美
所以友人，我们以命相许的这一生

是不断“试错”的一生，是跌跌撞撞
试图接近不可能事物的一生啊

野渡

是啊，我一直渴望着
过上一种
流水一样的生活
离城二十里，依山傍水之地
寻下一栋旧屋。瓯江在这里拐弯
水面变得宽阔
恰如我，人生至此，泥沙俱下
怎能不敞开？不浑浊？
滚滚向前啊
我的觊觎之心——
那江上寂寥的渔夫、荷锄的农人
笑声爽朗的卖柑者
我一一羡慕。我能做些什么呢
蔚蓝苍穹之下
火车穿过山腰，白云隐在峰顶
橘花开得漫山遍野
细碎的花瓣飘落

去年的果子半埋在泥土里，静静地腐烂
而埠头上
那艘已经离岸的庞大渡船
此刻却缓缓折了回来
把我捎进远远的呼喊和马达的喧嚣声中
捎进人群中

微雨斑驳

因为你，我开始惶恐自己的生活
我害怕一切始于想象
亦止于想象
我害怕这日趋冷却的血
要在我的体内，凝固成一种病
因此我重现了你
复活了你。因此这漫天的雨丝就是你
这笼盖四野的蔚蓝泪滴
都是你。纷纷扬扬
悄无声息，淌下我的额头
眼睑、唇际和脖颈……淡淡的盐

山间笔记

在莲花峰，我的方寸之地
一个不纯粹的人，写下了这些
不纯粹的诗歌——你是否
会将我原谅？
虽然有时候，学着古人一样
感慨“道法自然”，其实我，毫无形式——
只是母体中，一只蒙昧的
咻咻的小兽，等待着一道闪电的来临
那使我目眩
并在我体内增加着黑暗的犀利

或许，我只是在等着我自己，不断地
不断地后退，替灵魂，留出一个
天空那么大的容器

银与器

正月里——擦拭银器——
这些发黑的梳子、小勺、錾刻手镯
每一个，都用纯银打制

都曾美若霜花
如同每一个女人的初始
由单质组成，都曾洁白、温软、明亮

你是怎样的器物呢？当生活一掌
将你打回原形——
一个挣扎的化合体，灰黑而坚硬

浸泡、刷洗、抛光，你笨拙地重复着
一种古老的手艺——
你想打磨一种怎样的光芒

我的山国

有一年春天，我在乡下的青屋里
平息了身体的波浪

也曾夜观星象。在院中，用高倍望远镜
搜寻着大大小小的月坑
一座座亘古的环形山，对应着浙西南
我蛰居的谷地
没有欢乐，没有悲伤

常去的是附近的峡谷
坐在溪石上，四野寂寂，青峰朗朗
听周遭草木隐忍地拔节而不惊

直到，一天晌午，几声短促的呼哨后
一只红嘴蓝雀
出现在视野上方，它那长长的
凤尾似的白羽，优雅从容，静止在山谷

瓦蓝的空中……哦这孤独的翱翔
这山国岁月，秘密的赐予——我的心

碎了。万物在春天，皆有分裂的痛
而我，有了深处的动静

夜渔

夜深人静——槐湖边，哥哥打着手电
我不出声地跟随
父亲找准位置，将特制的加长鱼抄子
慢慢地探进湖底

待搅浑的水面归复平静
父亲和哥哥合力，将鱼抄子迅捷地撤回

有时，网兜里空空的，什么也没有
也有时，伴随着潮湿的泥腥味
一些螺蛳、虾蟹、草鱼和黝黑的河蚌
在星空下幽幽地闪烁

螺蛳和鱼虾类，都细心地分拣好；
唯独河蚌
沉重而价廉，鲜有人食
父亲随手就扔回湖里，或者搁置一旁

当我们离开，岸边的河蚌已聚集成堆
夜正深，岁月正浓——
漫长的黑暗中，弃物沉默不语：紧闭着
粗糙的石头身体
和可能的珠贝之心

观沧海

“引力波，是宇宙间的涟漪”
——我的心微微一动

尽管微弱，我想，茫茫人海中
定然也有着
这种辽阔的荡漾

定然有一个时光深处的潜藏者
对应着我的长夜

身为那
可怕时代的孩子，我似乎
早已与不可言说的畏惧成为知己——

那么，诗歌，作为个人的分泌
是否能够秘密地潜行？在星空之下
在平庸之恶里，分开
空气的阻力

纠正

每隔三五天，我就将西窗的君子兰
旋转一百八十度
使它向外弯曲的花茎
掉个头，朝向屋子的内部

因其与生俱来的向光性，很快
它纤长的茎干就会被扳正
顶上的伞状花序
也将直立，对称，中规中矩

这一次，我停住了手——是的，它已
偏离：追着光，它再度深深地弯下了腰躯
——但我为何要纠正它，凭着
怎样的权利？

年过四十，而愈发困惑……退回到桌边
咖啡的苦涩里，惶然间，我看到了
自己，同样被摆弄的命运
——那同样的悲哀，我正传递

山舍遇雨

你是如此地密集——仿佛酝酿已久
天地之间，一阵猛烈的抽搐

雨在倾泻。树枝，在敲打着屋顶
我欲拒还迎的身边，关闭又打开，无法
取消了它们自己

晦暗中，你起身，推开了茶社的木格格窗
看哪——山岩壮烈，松涛如怒……

那狂乱、湿冷的枝条
越过你的双肩
拍打着我，拍打着，时光的碎叶和迷雾

茶与器

“寒炉对雪烹”
——胸中的冰屑、经年的老茶头

你的缺席，是我源源不断
倾诉的开始么？

那水火，正相容——五行壶，噗噗，噗噗

那粗陶呢，挂着釉，停滞的
也是悬而未决的

蓝色卷尺

当它缩回到自身，一颗停顿下来的
蓝色小心脏
蓄势待发，多么寂静

随身放在包里，或者
置于手掌中把玩，我曾私下窃喜
想着，从心出发
我可以粗略地把握和观测
眼前的生活：

更换家俬、制作画框、身围，以及
你我之间，距离的长短……从毫米到米
尺带缓缓拉出，我阅读着
人世间的沧桑厚薄

它是开端，也是结束
事物总是首尾相连，难分彼此

当我再一次
掏出它，急于测量——

我的蓝色小卷尺
滚落在地，迅速地消失在
它无穷的自身，连成的线上

易弦记

夜色四起，依山而建的老油泵厂
开始不断掉漆

黑黢黢的仓库、车间、成排的
废弃水池……梧桐晃动，虫鸟唏嘘
我们都在暗中
不由自主地瑟瑟响

越往上，坡道越陡。我肩背着一张
断弦的古琴，默默地
攀爬在人世的中途

坡道尽头，是旧厂房改造成的琴馆
而山脚下，则是一个城池，艳丽的灯火

在这喑哑与明亮之间
挣扎着第三种，犹疑不定的光影——

一根缓慢、无形
却强悍的触须，拖动着黑
和时间密集的锈味
将我躯体中的潜藏者，陡然唤醒

回溯之境

当我惊醒，却已是连同被子
扑在了地上
那时幼小，人轻薄
从床上掉落，也未曾惊动母亲

她正伏案——煤油灯忽闪，摇曳不定
在她背后
那投在墙上的身影
仿佛一只不断变形的兽

埋着头，母亲整个地
浸身于一场书写：一封信？一纸诉状？
抑或一段
出走前的留言？光阴流逝，这一支

无声的抗议之歌
我母亲此生

对于宿命的竭力反驳，让我一再地
从回溯的梦境中掉落

瓦

接住漏水的，是搪瓷盆、陶罐、腌菜钵
有时是我仰起的头颅。当雨大了，房间里漏得到处都是

瓦，我们在这世上，薄薄的庇佑
参差的缝隙，渗漏下月光、一闪而过的星辰
和冰凉的雨水。溅在脸上时，用手一抹，些许灰黑颗粒

“又要找人翻屋瓦了……”母亲叹着气。暗处
猩红的火苗微微闪烁，父亲自制的纸烟卷，恢复出
一小段早年的光景

换下的瓦，备用的瓦，全都堆积在巷弄墙角
取出完整的一片，凹处朝下，两边搭在垒起的石块上
我和伙伴们的锅灶就砌好了

颤悠悠的，可以盛一小片水。点上柴火，鼓足腮帮
使劲地吹，吹。有人折来了夹竹桃，那美丽

而危险的花与叶——

瓦上的水滋滋响；夹竹桃，开始冒出热气
我们扑在地上，吹着火
热情洋溢地，向每一个路过的人发出共食的邀请

群加山中

又一个早醒的清晨。也许是高原缺氧
也许，是夜间那场持续的大雨

河水湍急。坡地上，一个大帐篷在曦光中
寂寥沉静。噢，是在此露营的那一家人

男女老幼、大锅、柴火、各式炊具，以及
欢声和笑语。可他们是怎么度过这个夜晚的：

当电闪雷鸣，山川沸腾，冰凉的雨水
裹挟而下，冲刷着河床和帐篷，黑暗中他们

紧紧地团聚，犹如这河中顽石，自有其
沉沉内核？昨日，那位年长的卓玛

曾拍打着她身边的草地，热情地向我
发出邀请；羊肉鲜嫩，铜器皿金黄铮亮

而那时，太阳正好，我忙着要赶到坝上
去看看连片的青稞、燕麦和土豆花

一瞥间

直至又有亲朋离开，才低头思索
自身所处的位置。严寒之下，灵魂也会收缩
有如体内失事
密度改变着我，浮于那表面

一瞥间的恐惧无法描述
脚底下，哑光的薄冰，承载着一个人的沉重之躯
和脆弱信念
我曾怀有把一切都撂倒的决心吗

十多岁，用棒槌敲开
槐湖的冰面，哈着气，自己洗衣服。双手
生出多年的冻疮

更早些时呢，大冬天，乳娘抱着奄奄一息的我
连夜下山。她在冰雪中强忍哭泣
找寻着我的父母，我的源头

青山令

每次不经意地抬头，总能看见
尽头的你。坦坦然，横亘于天地间的你
一个不驯的山民
蛰伏于这个南方小城，依然心有挂碍

看看世人们，都热爱些什么
繁复的修辞下，恭顺的煽情?
我有些累了。后退一步，就是我的巢穴
我的青山背景。请原谅，我还是
无法交出我自己

我驱动着四蹄的风

我驱动着四蹄的风——每一次
连续两小时，疾步于空旷的山野
或拥挤的街市

而暴走是艰辛的。反复摩擦处
皮肤会破损，汗水咸涩，盐在切割
一路上，要避开多少细密的锋刃

向前，超越，纷纷后退的景物中
往事正源源不断地涌现……
一个马不停蹄的人，迷失在
回忆与现实交织的丛林

直到，一个路口的红灯亮起
我才猛然发现
因为连续的加速度，不由自主
我已赫然置身于

路中央，机动车的行驶道上
置身于一片抗议的喇叭声中

绿灯在闪，我扬起了灰尘——
噢我这是在驱动着
时代的齿轮么？气喘吁吁的我俨然
一个暴力的车夫

空缺之地

沿着竹篱笆，一溜儿过去
有我去年秋天埋下的六个芍药块茎

四月了，棠棣开花，桑葚变紫
芭蕉新冒出了一圈的芽头
唯独芍药，还静静地沉睡在地底下

一块空缺之地
时时令我不安：莫非，它们没有挨过严冬？
或者，被鼠类偷食？

终于，我拎来锄头，找准一处
用力地掘了下去

随着翻滚的黑褐色泥土，随着
“嚓”的一声
一面雪白的根茎出现在眼前

那乳白的汁液，还在不断涌出

啊！我心疼得一声惊呼，手忙脚乱地
将残损的芍药块茎和泥土一起回填

五月，其它芍药都拱出了地面，开枝散叶
除了被我开挖过的……

那里，一块真正的空缺之地，源于我
自身的虚弱，也展示着我今生
一再犯下的过错——生死悠悠啊
而我总是，心急如焚

春山近

前些时
楼下斑鸠那“咕咕咕”的叫声曾响彻清晨
催人如令。每一次，我都挣扎着
努力地想让自己复苏——
长寐当醒啊
晦暗的巢穴中，我抖擞着浑身的骨殖，抖擞着
一个孵化的旧梦……春山日近，那选择
被推迟了多年

乌夜啼

雨后的林子里，我捡回了一只
灰色的小鸮
它蹲在我摊开的手掌上，警觉，收缩着毛羽
突兀的圆眼，左右逡巡
母亲大惊失色：
“这是逐魂鸟啊！”遂没收了去

当我成年，渐渐地，有了许多不眠的夜晚
谛听到各种寂静之声
我畏惧着
又依恋着某种生灵，暗于大而明于小
黑夜
是它灵魂的巨大泳池

可我，仍然不能确定我自己。就像我不确定
那只年幼的，灰色的小鸮
最终去了哪里。它是否

如我一般呢
艰难地活到了今日，正当年，爱而不得
犹自一曲《乌夜啼》？

……抹挑勾剔，琴弦铮铮。夜深沉
我在这人间底部
慢慢练习，触摸远方的你

栅栏

或者烟花一样，怒放的紫薇
或者婆娑的竹影、芭蕉、三两朵
摇曳于风中的玫瑰

隔着形形色色的栅栏，我日夜游荡——
你在渴盼什么呢，我的
蒙昧之心？一枝红杏
还是满树的桂花香

还是那个雨夜，初生的，气若游丝的
猫咪声，渐渐消隐于
相互嵌入的枝干和铸铁的较量后面

而在二院的隔离长廊
一个男青年的脸庞，变着形
硬生生地要从不锈钢的缝隙中挤出
一个时代的迷狂——

瞧，矛盾——这深埋于我们体内的
陌生部分，活力的渊薮
使得我们厌弃自己，孤掌难鸣

酒事

浸泡上洗净的糯米、红曲
刷干净空酒坛
一场满怀的希冀（抑或一场冒险）
从头天晚上开始

整个上午
蒸熟糯米，放凉，搅拌，直到
坛子里装满了最高配比的米和水

半夜醒来，但见
陶缸满溢，糟香袭人
夹杂着红曲米的酒水淌了一地

你该怎么做才好？这一生有多苦短
那另一个自我，就有多沉醉
她总是倾其所有地酝酿
早早地，人事不省

秋来自斟酌

夕光中，一排银杏树在奕奕闪烁
金碧辉煌的窗景
让我想起野性而纯真的兰波
他，会哭：“面对黄金
我竟不能一饮。”
厨房餐桌上，是一个人寂寥的晚餐
清炒山药、白灼虾、蒜泥和醋
——且给自己斟个满怀
我草本的一生，起起伏伏，眼看着
快要走到秋的尽头
干杯！为词语难以抵达的地方
干杯！为羞耻也难以挽回的谬误
这世上有难以言喻的力量
我有被碾碎后对于失落之物长久的找寻

琴遇

夜鸟赫然出现
像一个来自深宵的
浑身漆黑的疑问
阳台地面上，它焦灼地徘徊走动
尖细的喙上下啄着
叩击着落地玻璃窗，甚至
扑上了整个身躯——
我弹拨的手指静止在古琴上
多么突然，人和鸟
就这样相遇在夜半的琴声中
这人世间，我守望了多久？
一根孤独的琴弦
渴望着触摸彼此的心跳
不由自主地
我屈膝俯身，向着它
慢慢靠近。余音未绝，我可以
缩得更小

和鸣记

身体诚实，会为这世上美丽的欲望
所折服。让我们在灼热的迷雾里换一口气

越深入，越不够……你想要表达什么
此刻绵密涌动的生命之河，已难以分清

心爱之人和自己。在加速的旋律中
融化分解，还原成宇宙间最基本的元素

经由灵魂的膨胀和痉挛，又再度精密组合
并使我们重新复活，进入这哀矜之歌

细雪

秋天了，我摸索到自己
身体里面，有些冷了。在不知不觉的时候
一场细密的雪，下在了
我的灵魂上面
现在，终于明白
无所信仰并不意味着
我无所畏惧：
为我亲历和目睹的贫穷、卑微、劳苦
为远方，女儿的一个亲吻
父母亲渐渐弯下的腰躯
我无助地哭着
一个被抛弃的婴孩一样，哭着

明月或无眠之夜

丑时，明月覆窗
白色家具散发出淡淡光芒
在我无垠的旷野上
被逐散的
记忆的灰雀们
此刻，脱了险，蹦跳着
一个唤醒着另一个
鸣叫成波光粼粼的一片。月色中
女儿赤着脚
摸黑来到我的房间
她几乎闭着眼
悄无声息地穿过狭长的木地板走廊
如同穿过辽阔深远的梦境
当她紧挨着我，躺下
婴儿般蜷起
与我合而为一，我那颗
波光粼粼的心啊——

午夜多么从容，万物

归于诞生前的寂静

微响

十月薄凉呀。披衣，倚窗
“我灵魂的四周天色已暗”
雨，还是泪水，滴答着千秋微响

啊，始终有一个
未完成的书写——如这明月孤悬
囊萤映雪般，亮着肯定的光

我知道我错了——
我正努力，重新接纳一切
人的情感……碎浪，渴慕着海

君不见，远山已墨。我起身
再次驯服地
交出我的年月，和备受奚落的内心

突然的雪米

你呀，如此另类、粗暴
劈头盖脸地，是为了敲打我的愚蠢么

总是没有落脚之地
总是在被嘲弄中，我那，不合时宜的坚持——

兴许，“冒犯中，方有新意”
不悦又奈何？恰似这人生之秋，冰雨淋头
浑身地，一个激灵

野蕨

这真的，难以说清——
多年之后，当我重返水阁
跑过小镇的碎石泥路，躺进山腰
蓬乱的灌木丛中
野蕨，毛茸茸地探出身来
我从前为之哀伤的东西
出现了。那勃发的茎秆，是一种
游离的器官，显示着潮湿的内部；
那卷曲，脆弱于世
又欲触及四周——我回到了自己
年轻的躯体
颤抖着，满是喘息

都说时光静静流逝，永不复返
请让我，试着重述：

在我回溯、重叠的生命里

有几个浓缩的瞬间

如同幽暗的土地

封存着不可言状的奥秘，其间

阴影会升腾起火焰

埋藏的自我，会被反复耕耘，并再次见证

巨大的腐殖土

我从未离开

不如喜悦

去年冬天，一场严寒横扫了我的小花圃
草木无一幸存
于是开春，新种下了
酢浆草、伽蓝花、海棠和风车茉莉

及至冬日，长得最高最大的
却是原有的天堂鸟。枝叶已然冻坏腐朽
地下的根茎却破土而出，迎风招摇

我常静静地看它，由此回望
自己的前半生：无果。亦无处可逃
除了深深埋藏的一个奥秘——

我该如何解释呢，余生，尚在酝酿之中

乱石堆

在我晨跑的山路上，它们铺陈着
每一天，散漫、零乱的肉体

依山而下的倾泻意味，有别于精致的栈道
和翠绿葱茏的浓荫

一种动势，随时可能的交响
暗合我血液中与生俱来的混沌欲望

特别是雨后，我会停下，看它们湿漉漉
一个个悬空或交叠，闪烁黑亮的光

你反抗些什么呢？凝视之中交换着寂静和呼吸
我是唯一，却又如此多的战栗

蔷薇花道

特别是春夏时节
傍晚回到家，天还大亮着
我会轻身出门
步行至附近的菜市场
因为蔷薇盛开在必经的路途上

经常地，我只是要买一点
新鲜的盐卤豆腐
那，几乎像是每一天的日子
朴实无华
单调又不可或缺

——蔷薇花盛开着
绵延如梦幻……甚至那粉色的花瓣
铺了长长的一路
沾上了行人的发梢、肩头
镶嵌在婴儿推车的篷顶

经常地，我在街边的长椅坐下
花瓣宁静地飘落
而托在手上的豆腐不断散发着暖意
嗯这确实是，每天的生活
实在的，易碎的，带有温度的

经纬，或交叉的传承

他们已分开多年——我的农民父亲
和我的知青母亲。但婚姻犹在

因果犹存——像经纬线，从未平行
短暂交叉后，沿着各自的轨道走远

遗留下，错误的节点，遗留下我——
一颗毛茬石，磕磕绊绊，滚落在人世间

所有孤身一人的时光里，都能让我看到
我那独居的父亲，冷淡、寂寥，枝桠沉默

不再长出新叶。但会内乱和纠结，在他
住进二院期间，是我，在一次次地分裂

分身。在父母之间，狼奔豕突。于责备中
我总想着，要过另外一种，彻底的生活

取而代之的是我的母亲。她越发有脾气了
爱抽烟，爱喝酒，小赌，连着几年出境游

真是令我羞愧啊——她的毫不掩饰、乐得其所
几乎泄露了，我心底里最为隐秘的欲望

兴许，这就是传承？在命运的漩涡中，怎么活
都是一种，相互之间，人生境况的模拟

出于自私的本能，出于对完整家园的渴慕
我，一个错误的节点，一再地强行复制

牵连着经线和纬线、父亲和母亲——
在每个新的交叉口，徒增着对自己的怜悯

后山

穿过咯吱后门，避开疯长的蒿草和杂树
我们闷声爬上这块崖坡
脚边的小块菜地，显然刚被野猪拱过
头顶上，是成串的糖梨子
以及零散的，涩涩的青柚
通往废油库的木桥已腐
巨大的圆形仓库里
铺满地的青瓷和坛装烧酒，已经尘封了多年
我们牵手而立，似乎也已相熟多年
不多话，几乎屏住呼吸
两个人的心跳
在山塆咚咚地响起

较量

你在水银和时空的深处喘息，盯住我时
满是质询

你我之间，光阴的虚线在舞蹈，尘土飞扬
势不可挡
存在着一个深渊

——我袭击过一面镜子。哗啦声后
世界暂停
戛然而止的寂静、血
满地的碎片。哦不，是满地
破碎的自我，一个个，与我愕然相觑
是对峙，更是对我的嘲弄

微雨

常年生活在群山之中，她已然
形神松动
倘若你闭上眼，慢慢地伸出手
跟随她的波澜，她的起伏
掠过她粗糙的表面
你就能感觉到
那上面的每一处涡纹和峡谷
一路上，有木莲、冬青、金合欢
有爬满苔藓的残碑和无名菌类
若继续，你会相逢
一场明亮深邃的细雨——她的
流水身躯。因绵密如针，而难以察觉
这会儿，是她的心在说话
疲惫的灵魂将在此相谈甚欢

春雷与败酱草

读后札记

图书在版编目 (CIP) 数据

春雷与败酱草 / 叶丽隽著 . -- 北京 : 中国书籍出版社 , 2021.2

ISBN 978-7-5068-8360-3

Ⅰ . ①春… Ⅱ . ①叶… Ⅲ . ①诗集—中国—当代 Ⅳ . ① I227

中国版本图书馆 CIP 数据核字 (2021) 第 030482 号

春雷与败酱草

叶丽隽 著

责任编辑　卢安然
封面题字　雷平阳
责任印制　孙马飞　马芝
书籍设计　孙初　万爽
出版发行　中国书籍出版社
地　　址　北京市丰台区三路居路 97 号（邮编：100073）
电　　话　（010）52257143（总编室）　（010）52257140（发行部）
电子邮箱　eo@chinabp.com.cn
经　　销　全国新华书店
印　　刷　北京精彩世纪印刷科技有限公司
开　　本　889 毫米 ×1194 毫米　1 / 32
印　　张　5
字　　数　120 千字
版　　次　2021 年 2 月第 1 版　2021 年 2 月第 1 次印刷
书　　号　ISBN 978-7-5068-8360-3
定　　价　58.00 元